紅樓夢第十六回

賈元春才選鳳藻宮　秦鯨卿夭逝黃泉路

且說秦鍾寶玉二人跟着鳳姐自鐵檻寺照應一番坐車進城到家見過賈母王夫人等回到自已房中一夜無話至次日寶玉見收拾了外書房約定了與秦鍾讀夜書偏生那秦鍾秉賦最弱因在郊外受了些風霜又與智能兒偷期綣繾未免失于調養回來時便咳嗽傷風懶怠進飲食大有不勝之態只在家中調養不能上學寶玉便掃了興然亦無法只得候他病痊再議了那鳳姐却已得了雲光的回信俱已妥協老尼達知張家果然那守備忍氣吞聲受了前聘之物誰知愛勢貪財之父母

却養了一個知義多情的女兒聞得退了前夫另許李門他便一條汗巾悄悄的尋了個自盡那守備之子聞知金哥自縊他也是個情種遂投河而死可憐張李二家沒趣真是人財兩空這裡鳳姐却安享了三千兩王夫人連一點消息也不知道自此鳳姐膽識愈壯以後所作所為諸如此類不可勝數一日正是賈政的生辰寧榮二處人丁都齊集慶賀熱鬧非常忽有門吏報道有六宮都太監夏老爺特來降旨唬的賈赦賈政一干人不知何事忙止了戲文撤去酒席擺香案啟中門接跪早見都太監夏秉忠乘馬而至又有許多跟從的內監那夏太監也不曾負詔捧敕直至正廳下馬滿面笑容走至廳上南面而立

口內說奉特旨立刻宣賈政入朝在臨敬殿陛見說畢也不吃茶便乘馬去了賈政等也猜不出是何兆頭只得卽忙更衣入朝賈母等合家人心俱惶惶不定不住的使人飛馬來往報信有兩個時辰忽見賴大等三四個管家喘吁吁跑進儀門報喜又說奉老爺命速請老太太率領太太等進宮謝恩等語那時賈母心神不定在大堂廊下竚候邢王二夫人尤氏李紈鳳姐迎春姊妹以及薛姨媽等皆聚在一處打聽信息賈母又喚進賴大來細問端的賴大禀道小的們只在臨莊門外伺候裡頭的信息一槩不知後來夏太監出來道喜說咱們家的大小姐晉封爲鳳藻宮尚書加封賢德妃後來老爺出來亦如此吩咐小的如今老爺又往東宮去了速請老太太們去謝恩賈母等

聽了方心安一時皆喜見于面于是都按品大粧起來賈母率領邢王二夫人并尤氏一共四乘大轎魚貫入朝賈赦賈珍亦換了朝服帶領賈薔賈蓉奉侍賈母前往于是寧榮兩處上下內外人等莫不欣喜獨有寶玉置若罔聞你道什麼緣故原來近日水月庵的智能私逃入城來找秦鍾不意被秦業知覺將智能逐去將秦鍾打了一頓自已氣的老病發了三五日光景嗚呼哀哉了秦鍾本自怯弱又帶病未痊受了笞杖今見老父氣死此時悔痛無及又添了許多病症因此寶玉心中悵悵不樂雖有元春晉封之事那解得他愁悶賈母等如何謝恩如何

同家親友如何來慶賀寧榮兩府近日如何熱鬧衆人中何得意獨他一個皆視有如無毫不介意因此衆人嘲他越發獃了且喜賈璉與黛玉回來先遣人來報信明日就可到家了寶玉聽了方畧有些喜意細問原由方知賈雨村亦進京引見皆由王子騰累上荐本此來候補京缺與賈璉是同宗弟兄又與黛玉有師徒之誼故同路作伴而來林如海已葬入祖塋了諸事停妥賈璉此番進京若按站而走本該出月到家因聞元春喜信遂晝夜兼程而進一路俱各平安寶玉只問了黛玉平安二字餘者也就不在意了好容易盼到明日午錯果報璉二爺和林姑娘進府了見面時彼此悲喜交集未免大哭一場又致慰

慶之詞寶玉心中忖度黛玉越發出落的超逸了黛玉又帶了許多書籍來忙着打掃卧室安排器具又將些紙筆等物分送與寶釵迎春寶玉等寶玉又將北靜王所贈零苓香串珍重取出來轉送黛玉黛玉說什麽臭男人拿過的我不要這東西遂擲而不取寶玉只得收回暫且無話且說賈璉自回家見過衆人回至房中正值鳳姐事繁無片刻閒空見賈璉遠路歸來少不得撥冗接待房內無外人便笑道國舅老爺大喜國舅老爺一路的風塵辛苦小的聽見昨日的頭起報馬來報說今日大駕歸府畧預備了一杯水酒撣塵不知可賜光謬領否賈璉笑道豈敢豈敢多承多承一面平兒與衆丫鬟參見畢獻茶賈璉

遂問別後家中諸事又謝鳳姐的操持辛苦鳳姐道我那裡管得這些事來見識又淺口角又笨心腸又直率人家給個棒槌我就認作針臉又軟擱不住人給兩句好話心裡就慈悲了況且又沒經過大事胆子又小太太畧有些不自在就連覺也睡不着了我苦辭過幾回太太又不許倒說我圖受用不肯學習除不知我是捻着一把汗呢一句也不敢多說一步也不敢妄行你是知道的偺們家所有的這些管家奶奶那一個是好纏的錯一點兒他們就笑話打趣偏一點兒他們就指桑說槐的抱怨坐山看虎鬬借刀殺人引風吹火站乾岸兒推倒油瓶不扶都是全掛子的武藝況且我年紀輕不壓人怨不得不放我

在眼里更可笑那府裡蓉兒媳婦死了珍大哥再三在太太跟前跪着討情只要請我幫他幾日我是再四推辭太太做情允了只得從命依舊被我鬧了個馬仰人翻更不成個體統至今珍大哥還抱怨後呢悔你明兒見了他好歹描補描補就說我年紀小原沒見過世面誰叫大爺錯委了他說着只聽外間有人說話鳳姐便問是誰平兒進來回道姨太太打發了香菱妹子來問我一句話我已經說了打發他回去了賈璉笑道正是呢我方纔見姨媽去和一個年輕的小媳婦子撞了個對面生得好齊整模樣我疑惑偺家並無此人說話時問姨媽方知是上京買來的那小丫頭名叫香菱的竟與薛大傻子作了房裡

人開了臉越發出跳的標緻了那薛大傻子真玷辱了他鳳姐道咳往蘇杭走了一輛回來也該見些世面了還是這樣眼饞肚飽的你要愛他不值什麼我拿平兒去換了他來如何那薛老大也是吃着碗裡瞧著鍋裡的這一年來的光景他為香菱兒不能到手和姨媽打了多少饑荒那姨娘看着香菱模樣兒好還是小事其為人行事更又比別的女孩子不同溫柔安靜差不多的主子姑娘還跟不上他故此擺酒請客的費事明堂正道與他做了妾過了没半月也看的没事人一大堆了我倒心裡可惜他一語未了二門上小厮傳報老爺在大書房等二爺呢賈璉聽了忙忙整衣出去這裡鳳姐乃問平兒方纔姨媽

有什麼事巴巴兒的打發香菱來平兒道那裡來的香菱是我借他暫撒個謊兒奶奶你說旺兒嫂子越發連個成算也沒了說着又走至鳳姐身邊悄悄說道奶奶的那利銀遲不送來早不送來這會子二爺在家他偏送這個來了幸虧我在堂屋裡碰見不然他走了來回奶奶二爺少不得要知道我們二爺那脾氣油鍋裡的還要撈出來花呢知道奶奶有了體己他還不大着胆子花麼所以我赶着接過來教我說了他兩句誰知奶奶偏聽見了我故此當着二爺面前只說香菱兒來了鳳姐聽了笑道我說呢姨娘知道你二爺來了忽剌巴的反打發個房裡人來了原來你這蹄子鬧鬼說着賈璉已進來了鳳姐命擺

上酒饌來夫妻對坐鳳姐雖善飲却不敢任興只陪侍着賈璉的乳母趙嬤嬤走來賈璉鳳姐忙讓吃酒令其上炕去趙嬤嬤執意不肯平兒等早于炕沿設一杌又有小脚踏趙嬤嬤在脚踏上坐了賈璉向桌上揀兩盤餚饌與他放在杌上自吃鳳姐又道媽媽狠嚼不動那個沒的倒硌了他的牙因問平兒道早起我說那一碗火腿燉肘子狠爛正好給媽媽吃你怎麽不拿了去趕着叫他們熱來又道媽媽你嘗一嘗你兒子帶來的惠泉酒趙嬤嬤道我喝呢奶奶也喝一鍾怕什麽只不要過多了就是了我這會子跑了來倒也不爲酒飯倒有一件正經事奶奶好歹記在心裡疼顧我些罷我們這爺只是嘴裡說的好到

了跟前就忘了我們幸虧我從小兒奶了你這麽大我也老了有的是那兩個兒子你就另眼照看他們些別人也不敢呲牙兒的我還再三的求了你幾遍你答應的倒好如今還是燥屎這如今又從天上跑出這樣一件大喜事來那裡用不着人所以倒是來和奶奶說是正經靠着我們爺只怕我還餓死了呢鳳姐笑道媽媽你的兩個奶哥哥都交給我你從小兒奶的兒子還有什麽不知他那脾氣的拿着皮肉倒往那不相干的外人身上貼可見現放着奶哥哥那一個不比人强你疼顧照看他們誰敢說個不字兒沒的白便宜了外人我這話也說錯了我們看着是外人你却看着是內人一樣呢說着滿屋裡人都

笑了趙嬷嬷也笑個不住又念佛道可是屋子裡跑出青天來了若說內人外人這些混賬緣故我們爺是沒有不過是臉軟心慈擱不住人求兩句罷了鳳姐笑道可不是呢有內人的他纔慈軟呢他在偺們娘兒們跟前纔是剛硬呢趙嬷嬷道奶奶說的太盡情了我也樂了再吃一杯好酒從此我們奶奶做了主我就沒的愁了賈璉此時沒好意思只是赸笑道你們別胡說了快盛飯來吃還要往珍大爺那邊去商議事呢鳳姐道可是別悞了正事纔剛老爺叫你說什麽賈璉道就為省親的事鳳姐忙問道省親的事竟准了賈璉笑道雖不十分準也有八九分了鳳姐笑道可見當今的隆恩呢歷來聽書看戲古時從

來未有的趙嬷嬷又接口道可是呢我也老糊塗了我聽見上上下下吵嚷了這些日子什麽省親不省親我也不理論他去如今又說省親到底是怎麽個緣故賈璉道如今當今體貼萬人之心世上至大莫如孝字想來父母兒女之性皆是一理不在貴賤上分的當今自為日夜侍奉太上皇皇太后尚不能略盡孝意因見宮裡嬪妃才人等皆是入宮多年拋離父母豈有不思想之理且父母在家思想女兒不能一見倘因此成疾亦大傷天和之事故啟奏上皇太后每月逢二六日期準其椒房眷屬入宮請候省視于是太上皇皇太后大喜深讚當今至孝純仁體天格物因此二位老聖人又下旨諭說椒房眷屬入宮

未免有關國體儀制母女尙未能愜懷竟大開方便之恩特降
諭諸椒房貴戚除二六日入宮之恩外凡有重宇別院之家可
以駐蹕關防者不妨啟請內廷鑾輿入其私第庶可盡骨肉私
情共享天倫之樂事此旨下了誰不踴躍感戴現今周貴妃的
父親已在家裡動了工修蓋省親的別院呢又有吳貴妃的父
親吳天祐家也往城外踏看地方去了這豈非有八九分了趙
嬤嬤道阿彌陀佛原來如此這樣說起偺們家也要預備接大
小姐了賈璉道這何用說不然這會子忙的是什麽鳳姐笑道
果然如此我可也見個大世面了可恨我小幾歲年紀若早生
二三十年如今這些老人家也不薄我沒見世面了說起當年

太祖皇帝仿舜巡的故事比一部書還熱鬧我偏沒造化赶上
趙嬤嬤道噯喲喲那可是千載希逢的那時候我纔記事兒偺
們賈府正在姑蘇楊州一帶監造海船修理海塘只預備接駕
一次把銀子花的像淌海水似的說起來鳳姐忙接道我們王
府裡也預備過一次那時我爺爺專管各國進貢朝賀的事凡
有外國人都來是我們家養活粵閩滇浙所有的洋船貨物都
是我們家的趙嬤嬤道那是誰不知道的如今還有個口號兒
呢說東海少了白玉床龍王來請江南王這說的就是奶奶府
上了如今還有現在江南的甄家噯喲喲好世派獨他家接駕
四次若不是我們親眼看見告訴誰也不信的別講銀子成了

土泥凴是世上有的没有不是堆山積海的罪過可惜四個字竟顧不得了鳳姐道我常聽見我們大爺說也是這樣的豈有不信的只納罕他家怎麼就這樣富貴呢趙嬤嬤道告訴奶奶一句話也不過拿着皇帝家的銀子往皇帝身上使罷了誰家有那些錢買這個虛熱鬧去正說着王夫人又打發人來瞧鳳姐吃完了飯不曾鳳姐便知有事等他忙忙的吃了飯漱口要走又有二門上小厮們回東府裡蓉薔二位哥兒來了賈璉纔漱了口平兒捧着盆盥手見他二人來了便問說什麼話鳳姐因亦止步只聽賈蓉先回說我父親打發我來回叔叔老爺們已經議定了從東邊一帶借着東府裡花園起至西北丈量了

一共三里半大可以蓋造省親別院了已經傳人畫圖樣去明日就得叔叔纔回家未免勞乏不用過我們那邊去有話明日一早再請過去面議賈璉笑說多謝大爺費心體諒我就從命不過去了正經是這個主意纔省事蓋造也容易若採置別的地方去那更費事且倒不成體統你回去說這樣很好若老爺們再要改時全仗大爺諫阻萬不可另尋地方明日一早我給大爺請安去再議細話賈蓉忙應幾個是賈薔又近前回說下姑蘇請聘教習採買女孩子置辦樂器行頭等事大爺派了姪兒帶領着來管家兩個兒子還有單聘仁卜固修兩個清客相公一同前往所以命我來見叔叔賈璉聽了將賈薔打諒了打

諒笑道你能彀在行麽這個事雖不甚大裡頭却有藏掖的賈
薔笑道只好學習着辦罷了賈蓉在身傍燈影下悄拉鳳姐的
衣襟鳳姐會意因笑道你也太操心了難道大爺比咱們還不
會用人偏你又怕他不在行了誰都是在行的孩子們已長的
這麽大了没吃過猪肉也看見過猪跑大爺派他去原不過是
個坐纛旗兒難道認真的叫他去講價錢會經紀呢依我說狠
好賈璉道自然是這樣並不是我要駁回少不得替他籌算籌
算因問這一項銀子動那一處的賈薔道剛纔也議到這裡賴
爺爺說竟不用從京裡帶銀子去江南甄家還收着我們五萬
銀子明日寫一封書信會票我們帶去先支三萬兩剩二萬兩

存着等置辦彩燈花燭並各色簾櫳帳幔的使用賈璉點頭道
這個主意好鳳姐忙向賈薔道既這樣我有兩個在行妥當人
你就帶他們去辦這個便宜了你呢賈薔忙陪笑道正要和嬸
娘討兩個人呢這可巧了因問名字鳳姐便問趙嬤嬤彼時趙
嬤嬤已聽話聽獃了平兒忙笑推他纔醒悟過來忙說一個叫
趙天樑一個叫趙天棟鳳姐道可別忘了我幹我的去了說着
便出去了賈蓉忙跟出來悄悄的向鳳姐道嬸娘要什麽東西
吩咐了開個賬兒給我兄弟帶去按賬置辦了來鳳姐笑道別
放你娘的屁我的東西還没處撂呢希罕你們鬼鬼祟祟的說
着一徑去了這里賈薔也問賈璉要什麽東西順便織來孝

敝賈璉笑道你別與頭纔學着辦事到先學會了這把戲短了什麽少不得寫信來告訴你且不要論到這裡說畢打發他二人去了接着回事的人不止三四起賈璉乏了便傳與二門上一應不許傳報俱待明日料理鳳姐至三更時分方下來安歇一宿無話次早賈璉起來見過賈赦賈政便往寧國府中來合同老管事人等並幾位世交門下清客相公審察兩府地方繕畫省親殿宇一面叅度辦理人丁自此後各行匠役齊全金銀銅錫以及土木磚瓦之物搬運移送不歇先令匠役拆寧府會芳園墻垣樓閣直接入榮府東大院中榮府東邊所有下人一帶羣房已盡拆去當日寧榮二宅雖有一小巷界斷不通然這

小巷亦係私地並非官道故可以聯絡會芳園本是從北墻角下引來一股活水今亦無煩再引其山樹石木雖不敷用賈赦住的乃是榮府舊園其中竹樹山石以及亭榭欄杆等物皆可挪就前來如此兩處又甚近湊來一處省許多財力縱有不敷所添有限全虧一個胡老名公號山子野一一籌畫起造賈政不慣于俗務只憑賈赦賈珍賈璉賴大來升林之孝吳新登詹光程日興等幾人安插擺佈堆山鑿池起樓豎閣種竹栽花一應點景又有山子野制度下朝閒暇不過各處看看望望最要緊處和賈赦等商議商議便罷了賈赦只在家高卧有芥荳之事賈珍等或自去回明或寫畧節或有話說便傳呼賈璉賴大

等來領命賈蓉單管打造金銀器皿賈薔已起身往姑蘇去了賈珍賴大等又點人丁開册籍監工等事一筆不能寫到不過是喧闐熱鬧而已暫且無話且說寶玉近因家中有這等大事賈政不來問他的書心中自是暢快無奈秦鍾之病日重一日也着實懸心不能快樂這日一早起來纔梳洗了意欲回了賈母去望候秦鍾忽見茗烟在二門照壁前探頭縮腦寶玉忙出來問他做什麽茗烟道秦相公不中用了寶玉聽了嚇了一跳忙問道我昨兒纔瞧了他還明明白白怎麽就不中用了茗烟道我也不知道剛纔是他家的老頭子來特告訴我的寶玉聽了忙轉身回明賈母賈母吩咐派妥當人跟去到那里盡一盡

同窗之情就回來不許多躭擱了寶玉忙出來更衣到外邊車猶未備急的滿廳亂轉一時催促的車到忙上了車李貴茗烟等跟隨來至秦家門首悄無一人遂蜂擁至內室唬的秦鍾的兩個遠房嬸母並幾個弟兄都藏之不迭此時秦鍾已發過兩三次昏了已易簀多時矣寶玉一見便不禁失聲李貴忙勸道不可不可秦相公是弱症未免炕上挺扛的骨頭不受用所以暫且挪下來鬆散些哥兒如此豈不反添了他的病寶玉聽了方忍住近前見秦鍾面如白蠟合目呼吸轉展枕上寶玉忙叫道鯨哥寶玉來了連叫了兩三聲秦鍾不採寶玉又叫道寶玉來了那秦鍾早已魂魄離身只剩得一口悠悠餘氣在胸正見

許多鬼判持牌提索來捉他那秦鍾魂魄那里肯就去又記念着家中無人掌着家務又記罣着智能尚無下落因此百般求告鬼判無奈這些鬼判都不肯狥私反叱咤秦鍾道虧你還是讀過書的人豈不知俗語說的閻王叫你三更死誰敢留人到五更我們陰間上下都是鐵面無私的不比陽間瞻情顧意有許多的關碍處正鬧着那秦鍾魂魄忽聽見寶玉來了四字便忙又央求道列位神差畧慈悲讓我回去和一個好朋友說一句話就來了衆鬼道又是什麽好朋友秦鍾道不瞞列位就是榮國公孫子小名寶玉的都判官聽了先就唬慌起來忙喝罵鬼使道我說你們放了他回去走走罷你們斷不依我的話如

今等的請出個運旺時盛的人來纔罷衆鬼見都判如此也皆忙了手脚一面又抱怨道你老人家先是那等雷霆火炮原來見不得寶玉二字依我們愚見他是陽我們是陰怕他亦無益于我們畢竟秦鍾死活如何且聽下回分解

紅樓夢第十六回終

紅樓夢第十七回

大觀園試才題對額　榮國府歸省慶元宵

話說秦鍾既死寶玉痛哭不止李貴等好容易勸解半日方住歸時還帶餘哀賈母幫了幾十兩銀子外又另備奠儀寶玉去弔祭七日後便送殯掩埋了別無記述只有寶玉日日感悼思念不已然亦無可如何了又不知過了幾時纔罷這日賈珍等來回賈政園内工程俱已告竣大老爺已瞧過了只等老爺瞧了或有不妥之處再行改造好題匾額對聯的賈政聽了沉思一會說道這匾對倒是一件難事論禮該請貴妃賜題纔是然貴妃若不親觀其景亦難懸擬若直待貴妃遊幸時再請題若

大景致若干亭榭無字標題任是花柳山水也斷不能生色衆淸客在旁笑答道老世翁所見極是如今我們有個主意各處匾對斷不可少亦斷不可定如今且按其景致或兩字三字四字虛合其意擬了來暫且做出燈匾聯懸了待貴妃遊幸時再請定名豈不兩全賈政聽了道所見不差我們今日且看看去只管題了若妥便用若不妥再將雨村請來令他再擬衆人笑道老爺今日一擬定佳何必又待雨村賈政笑道你們不知我自幼于花鳥山水題詠上就平平如今上了年紀且案牘勞煩于這怡情悅性文章上更生踈了縱擬出來不免迂腐古板反使花柳園亭因而減色轉沒意思衆淸客道這也無妨我們大

家看了公擬各舉所長優則存之劣則刪之未爲不可賈政道此論極是且喜今日天氣和暖大家去逛逛說着起身引衆人前往賈珍先去園中知會衆人可巧近日寶玉因思念秦鍾憂傷不已賈母常命人帶他到新園中來戲耍此時亦纔進去忽見賈珍來了向他笑道你還不快出去一會子老爺來了寶玉聽了帶着奶娘小厮們一溜烟就出園來方轉過灣頂頭撞見賈政引着衆客來了躲之不及只得一傍站了賈政近因聞得塾師稱讚他耑能對對雖不喜讀書偏有些歪才所以此時便命他跟入園中意欲試他一試寶玉未知何意只得隨往剛至園門只見賈珍帶領許多執事旁邊侍立賈政道你且把園門閉了我們先瞧外面再進去賈珍命人將門關上賈政先秉正看門只見正門五間上面銅瓦泥鰍脊那門欄窗槅俱是細雕時新花樣並無朱粉塗飾一色水磨羣墻下面白石臺階鑿成西番花樣左右一望皆雪白粉墻下面虎皮石隨意亂砌自成紋理不落富麗俗套自是歡喜遂命開門只見一帶翠嶂擋在面前衆清客都道好山好山賈政道非此一山一進來園中所有之景悉入目中則有何趣衆人都道極是非胸中大有邱壑焉能想到這裡說畢往前一望見白石峻嶒或如鬼怪或似猛獸縱橫拱立上面苔蘚斑駁或藤蘿掩映其中微露羊腸小逕賈政道我們就從此小逕遊去回來由那一邊出去方可遍覽

說畢命賈珍前導自巳扶了寶玉逶迤走進山口抬頭忽見山上有鏡面白石一塊正是迎面留題處賈政囘頭笑道諸公請看此處題以何名方妙衆人聽說也有說該題叠翠二字的也有說該題錦嶂的又有說賽香爐的又有說小終南的種種名色不止幾十個原來衆客心中早知賈政要試寶玉的才故此只將些俗套來敷演寶玉亦知此意賈政聽了便囘頭命寶玉擬來寶玉道嘗聞古人云編新不如述舊刻古終勝雕今況此處並非主山正景原無可題之處不過是探景一進步耳莫如直書古人曲逕通幽這舊句在上倒也大方衆人聽了讚道是極妙極二世兄天分高才情遠不似我們讀腐了書的賈政笑

道不當過獎他他年小的人不過以一知充十用取笑罷了再俟選擬說着進入石洞來只見佳木蘢葱奇花爛灼一帶清流從花木深處瀉於石隙之下再進數步漸向北邊平坦寬豁兩邊飛樓插空雕甍綉檻皆隱於山坳樹杪之間俯而視之則青溪瀉玉石磴穿雲白石爲欄環抱池沼石橋三港獸面啣吐橋上有亭賈政與諸人到亭內坐了問諸公以何題此諸人都道當日歐陽公醉翁亭記有云有亭翼然就名翼然罷賈政笑道翼然雖佳但此亭壓水而成還須偏於水題爲稱依我拙裁歐陽公句瀉于兩峯之間竟用他這一個瀉字有一客道是極是極竟是瀉玉二字妙賈政拈髯尋思因叫寶玉也擬一個來寶

玉因道老爺方纔所說已是但如今追究了去似乎當日歐陽公題釀泉用一瀉字則妥今日此泉也用瀉字似乎不妥況此處既爲省親別墅亦當依應制之體用此等字亦似粗陋不雅求再擬藴藉含蓄者賈政笑道諸公聽此論何如方才衆人編新你說不如述古如今我們述古你又說粗陋不妥你且說你的寶玉道用瀉玉二字則不若沁芳二字豈不新雅賈政拈鬚點頭不語衆人都忙迎合稱贊寶玉才情不凡賈政道匾上二字容易再作一付七言對來寶玉四顧一望機上心來乃念道

繞堤柳借三篙翠　隔岸花分一脉香

賈政聽了點頭微笑衆人又稱贊一個不已于是出亭過池一山一石一花一木莫不着意觀覽忽抬頭見前面一帶粉垣數楹修舍有千百竿翠竹遮映衆人都道好個所在于是大家進入只見進門便是曲折遊廊堦下石子漫成甬路上面小小三間房舍兩明一暗裡面都是合着地步打的床几椅案從裡間房裡又有一小門出去却是後園有大株梨花並芭蕉又有兩間小小退步後院墻下忽開一隙得泉一派開溝僅尺許灌入墻內繞堦緣屋至前院盤旋竹下而出賈政笑道這一處倒還好若能月夜坐此窗下讀書也不枉虛生一世說着便看寶玉唬的寶玉忙垂了頭衆人忙用閒話解說又二客說此處的匾該題四個字賈政笑問那四字一個道是淇水遺風賈政道俗又

一個道是睢園遺跡賈政道也俗賈珍在旁說道還是寶兄弟擬一個來賈政道他未曾做先要議論人家的好歹可見就是個輕薄人衆客道議論的極是其奈他何賈政忙道休如此縱了他因命他道今日任你狂為亂道先說出議論來方許你做方纔衆人說的可有使得的否寶玉見問便答道都似不妥賈政冷笑道怎麼不妥寶玉道這是第一處行幸之所必須頌聖方可若用四字的匾又有古人現成的何必再做賈政道難道淇水睢園不是古人的寶玉道這太板了莫若有鳳來儀四字衆人都鬨然叫妙賈政點頭道畜生畜生可謂管窺蠡測矣因命再題一聯來寶玉便念道

寶鼎茶閑煙尚綠　幽窗棋罷指猶凉

賈政搖頭道也未見長說畢引人出來方欲走時忽想起一事來問賈珍道這些院落屋宇並几案桌椅都算有了還有那些帳幔簾子並陳設玩器古董可也都是一處一處合式配就的麼賈珍回道那陳設的東西早已添了許多自然臨期合式陳設帳幔簾子昨日聽見璉兄弟說還不全那原是一起工程之時就畫了各處的圖樣量准尺寸就打發人辦去的想必昨日得了一半賈政聽了便知此事不是賈珍的首尾便叫人去喚賈璉一時來了賈政問他共有幾種現今得了幾種尚欠幾種賈璉見問忙向靴桶內取出靴掖內裝的一個紙摺略節來看

了一看回道粧蟒繡堆刻絲弾墨並各色紬綾大小幔子一百二十架昨日得了八十架下欠四十架簾子二百掛昨俱得了外有猩猩毡簾二百掛湘妃竹簾二百掛金絲藤紅漆竹簾二百掛黑漆竹簾二百掛五彩線絡盤花簾二百掛每樣得了一半也不過秋天都全了椅搭桌圍床裙杌套每分一千二百件也有了一面說一面走着忽見靑山斜阻轉過山懷中隱隱露出一帶黃泥墻墻上皆用稻莖掩護有幾百枝杏花如噴火蒸霞一般裡面數楹茅屋外面却是桑榆槿柘各色樹稚新條隨其曲折編就兩溜靑籬籬外山坡之下有一土井傍有桔槹轆轤之屬下面分畦列畝佳蔬菜花一望無際賈政笑道倒是此

處有些道理雖係人力穿鑿而入目動心未免勾引起我歸農之意我們且進去歇息歇息說畢方欲進去忽見籬門外路傍有一石小爲留題之所衆人笑道更妙更妙此處若懸匾待題則田舍家風一洗盡矣立此一碣又覺許多生色非范石湖田家之咏不足以盡其妙賈政道諸公請題衆人云方纔世兄云編新不如述舊此處此人已道盡矣莫若直書杏花村爲妙賈政聽了笑向賈珍道正虧提醒了我此處都好只是還少一個酒幌明日竟做一個來就依外面村庄的式樣不必華麗用竹竿挑在樹梢頭賈珍應了又回道此處竟不必養別樣雀鳥只養些鵝鴨雞之類纔相稱賈政與衆人都說妙極賈政又向衆

人道杏花村固佳只是犯了正村名直待請名方可衆客都道是呀如今虛的却是何字樣好大家想想寶玉却等不得了也不等賈政的命便說道舊詩有云紅杏梢頭挂酒旗如今莫若且題以杏帘在望四字衆人都道好個在望又暗合杏花村意思寶玉冷笑道村名若用杏花二字則俗陋不堪了又有唐人詩云柴門臨水稻花香何不用稻香村的妙衆人聽了越發同聲拍手道妙賈政一聲斷喝無知的業障你能知道幾個古人能記得幾首舊詩也敢在老先生前賣弄你方纔那些胡說也不過是試你的淸濁取笑而已你就認眞了說着引衆人步入茆堂裡面紙窗木榻富貴氣象一洗皆盡賈政心中自是歡喜却瞅寶玉道此處如何衆人見問都忙悄悄的推寶玉教他說好寶玉不聽人言便應聲道不及有鳳來儀多矣賈政聽了道無知的蠢物你只知朱樓畫棟惡賴富麗爲佳那裡知道這淸幽氣象終是不讀書之過寶玉忙答道老爺教訓的固是但古人嘗云天然此二字不知何意衆人見寶玉牛心都怪他獃痴不改今見問天然二字衆人忙道別的都明白如何天然反不明白天然者天之自成而非人力之所爲也寶玉道却又來此處置一田庄分明是人力造作而成遠無鄰村近不負郭背山山無脉臨水水無源高無隱寺之塔下無通市之橋峭然孤出似非大觀爭似先處有自然之理得自然之趣雖種竹引泉亦

不傷穿鑿古人云天然圖畫四字正畏非其地而強爲其地非其山而強爲其山卽百般精巧終不相宜未及說完賈政氣的喝命扠出去纔出去又喝命回來命再題一聯若不通一併打嘴寶玉只得念道

新漲綠添澣葛處　好雲香護采芹人

賈政聽了搖頭道更不好一面引人出來轉過山坡穿花度柳撫石依泉過了荼蘼架入木香棚越牡丹亭度芍藥圃入薔薇院來到芭蕉塢盤旋曲折忽聞水聲潺潺出於石洞上則蘿薜倒垂下則落花浮蕩衆人都道好景好景賈政道諸公題以何名衆人道再不必擬了恰恰乎是武陵源三字賈政笑道又落

實了而且陳舊衆人笑道不然就用秦人舊舍四字也罷寶玉道越發過露了秦人舊舍說避亂之意如何使得莫若蓼汀花漵四字賈政聽了道更是胡說於是賈政進了港洞又問賈珍有船無船賈珍道採蓮船共四隻座船一隻如今尚未造成賈政笑道可惜不得入了賈珍道從山上盤道亦可以進去說畢在前導引大家攀藤撫樹過去只見水上落花愈多其水愈清溶溶蕩蕩曲折縈紆池邊兩行垂柳雜以桃杏遮天蔽日眞無一些塵土忽見柳陰中又露出一個折帶朱欄板橋來度過橋去諸路可通便見一所淸涼瓦舍一色水磨磚墻淸瓦花堵那大主山所分之脉皆穿墻而過賈政道此處這一所房子無味

的狠因而步入門時忽迎面突出揷天的大玲瓏山石來四面羣繞各式石塊竟把裡面所有房屋悉皆遮住且一株花木也無只見許多異草或有牽藤的或有引蔓的或垂山巔或穿石脚甚至垂簷繞柱縈砌盤堦或如翠帶飄颻或如金繩蟠屈或實若丹砂或花如金桂味香氣馥非凡花之可比賈政不禁道有趣只是不大認識有的說是薜荔藤蘿賈政道薜荔藤蘿那得有此異香寶玉道果然不是這衆草中也有藤蘿薜荔那香的是杜若蘅蕪那一種大約是茝蘭這一種大約是金葛那一種是金䔲草這一種是玉蕗藤紅的自然是紫芸綠的定是青芷想來那離騷文選所有的那些異草有叫作什麼藿蒳薑蕁的也有叫做什麼綸組紫絳的還有什麼石帆水松扶留等樣的見於左太冲吳都賦又有叫做什麼綠荑的還有什麼丹椒蘼蕪風連見於蜀都賦如今年深歲改人不能識故皆像形奪名漸漸的喚差了也是有的未及說完賈政喝道誰問你來唬的寶玉倒退不敢再說賈政因見兩邊俱是超手游廊便順着遊廊步入只見上面五間清廈連着捲棚四面出廊綠窗油壁更比前清雅不同賈政歎道此軒中煮茶操琴亦不必再焚香矣此造却出意外諸公必有佳作新題以顏其額方不負此衆人笑道莫若蘭風蕙露貼切了賈政道也只好用這四字其聯云何一人道我想了一對大家批削改正道是

麝蘭芳靄斜陽院　杜若香飄明月洲
衆人道妙則妙矣只是斜陽二字不妥那人引古詩蘼蕪滿院斜泣陽句衆人云頽喪頽喪又一人道我也有一聯諸公評閱評閱念道

三徑香風飄玉蕙　一庭明月照金蘭

賈政拈髯沉吟意欲也題一聯忽抬頭見寶玉在傍不敢作聲因喝道怎麼你應說話時又不說了還要等人請教你不成寶玉聽了回道此處並沒有什麼蘭麝明月洲渚之類若要這樣着迹說來就題二百聯也不能完賈政道誰按着你的頭教你必定說這些字樣呢寶玉道如此說則匾上莫若蘅芷清芬四

字對聯則是

吟成豆蔻詩猶艷　睡足荼蘼夢也香

賈政笑道這是套的書成蕉葉文猶綠不足爲奇衆人道李太白鳳凰臺之作全套黃鶴樓只要套得妙如今細評起來方纔這一聯竟比書成蕉葉尤覺幽雅活動賈政笑道豈有此理說着大家出來走不多遠則見崇閣巍峩層樓高起面面琳宮合抱迢迢複道縈紆青松拂簷玉蘭繞砌金輝獸面彩煥螭頭賈政道這是正殿了只是太富麗了些衆人都道要如此方是雖然貴妃崇尚節儉然今日之尊禮儀如此不爲過也一面說一面走只見正面現出一座玉石牌坊上面龍蟠螭護玲瓏鑿就

賈政道此處書以何文衆人道必是蓬萊仙境方妙賈政搖頭不語寶玉見了這個所在心中忽有所動尋思起來倒像在那裡見過的一般却一時想不起那年月日的事了賈政又命他題咏寶玉只顧細思前景全無心於此了衆人不知其意只當他受了這半日折磨精神耗散才盡詞窮了再要牛難逼迫着了急或生出事來倒不便遂忙都勸賈政道罷了明日再題罷了賈政心中也怕賈母不放心遂冷笑道你這畜生也竟有不能之時了也罷限你一日明日題不來定不饒你這是第一要緊處所要好生作來說着引人出來再一觀望原來自進門至此纔遊了十之五六又值人來回有雨村處遣人回話賈政笑

道此數處不能遊了雖如此到底從那一邊出去也可略觀大概說着引客行來至一大橋水如晶簾一般奔入原來這橋便是通外河之閘引泉而入者賈政因問此閘何名寶玉道此乃沁芳源之正流即名沁芳閘賈政道胡說偏不用沁芳二字於是一路行來或清堂茅舍或堆石爲垣或編花爲門或山下得幽尼佛寺或林中藏女道丹房或長廊曲洞或方厦圓亭賈政皆不及進去因半日未嘗歇息腿酸脚軟忽又見前面露出一所院落來賈政道到此可要歇息歇息了說着一徑引入繞着碧桃花穿過竹籬花障編就的月洞門俄見粉垣環護綠柳週垂賈政與衆人進了門兩邊盡是遊廊相接院中點襯幾塊

山石一邊種幾本芭蕉那一邊是一株西府海棠其勢若傘絲垂金縷葩吐丹砂衆人都道好花好花海棠也有從沒見過這樣好的賈政道這叫做女兒棠乃是外國之種俗傳出女兒國故花最繁盛亦荒唐不經之說耳衆人道畢竟此花不同女國之說想亦有之寳玉云大約騷人咏士以此花紅若施脂弱如扶病近乎閨閣風度故以女兒命名世人以訛傳訛都未免認真了衆人都說領教妙解一面說話一面都在廊下榻上坐了賈政因道想幾個什麽新鮮字來題一客道蕉鶴二字妙又一個道崇光泛彩方妙賈政與衆人都道好個崇光泛彩寳玉也道妙又說只是可惜了衆人問如何可惜寳玉道此處蕉棠兩植其意暗蓄紅綠二字在內若說一樣遺漏一樣便不足取賈政道依你如何寳玉道依我題紅香綠玉四字方兩全其美賈政搖頭道不好不好說着引人進入房內只見其中收拾的與別處不同竟分不出間隔來的原來四面皆是雕空玲瓏木板或流雲百蝠或歲寒三友或山水人物或翎毛花卉或集錦或博古或萬福萬壽各種花樣皆是名手雕鏤五彩銷金嵌玉的一槅一槅或貯書或設鼎或安置筆硯或供設瓶花或安放盆景其槅式樣或圓或方或葵花蕉葉或連環半璧眞是花團錦簇玲瓏剔透倏尔五色紗糊竟係小窗倏尔彩綾輕覆竟如幽戸且滿墻皆是隨依古董玩器之形摳成的槽子如琴劍懸瓶

之類俱懸於壁却都是與壁相平的衆人都讚好精緻難為怎麼做的原來賈政走了進來未到兩層便都迷了舊路左瞧也有門可通右瞧也有窗暫隔及到跟前又被一架書擋住回頭又有窗紗明透門徑可行及至門前忽見迎面也進來了一起人與自巳形相一樣却是一架玻璃鏡轉過鏡去一發見門多了賈珍笑道老爺隨我來從此門出去便是後院出了後院到比先近了引着賈政及衆人轉了兩層紗厨果得一門出去院中滿架薔薇轉過花障則見青溪前阻衆人咤異這水又從何而來賈珍遙指道原從那閘起流至那洞口從東北山坳裡引到那村庄裡又開一道岔口引至西南上共總流到這裡仍舊

合在一處從那墻下出去衆人聽了都道神妙之極說着忽見大山阻路衆人都迷了路賈珍笑道隨我來乃在前導引衆人隨着由山脚下一轉便是平坦大路豁然大門現于面前衆人都道有趣有趣搜神奪巧至于此極於是大家出來那寶玉一心只記掛着裡邊姊妹們又不見賈政吩咐只得跟到書房賈政忽想起來道你還不去恐老太太記念你難道還逛不足麼寶玉方退了出來至院外就有跟賈政的小厮上來抱住說道今日虧了老爺喜歡方纔老太太打發人出來問了幾次我們回說老爺喜歡若不然老太太叫你進去了就不得展才了人人都說你纔那些詩比衆人都强今兒得了彩頭該賞我們了

寶玉笑道每人一吊衆人道誰没見那一吊錢把這荷包賞了罷說着一個個都上來解荷包解扇袋不容分說將寶玉所佩之物盡行解去又道好生送上去罷一個個圍繞着送至賈母門前那時賈母正等着他見他來了知道不曾難為他心中自是喜歡少時襲人倒了茶來見身邊佩物一件不存因笑道帶的東西又是那起没臉的東西們解了去了林黛玉聽說走過來一瞧果然一件無存因向寶玉道我給你的那個荷包也給他們了你明兒再想我的東西可不能彀了說畢生氣回房將前日寶玉囑付他做而未完之香袋拿起剪子來就鉸寶玉見他生氣便忙赶過來早已剪破了寶玉曾見過這香袋雖未完工却十分精巧無故剪了却也可氣因忙把衣領解了從裡面衣襟上將所繫荷包解了下來遞與黛玉道你瞧瞧這是什麼東西我可曾把你的東西給人林黛玉見他如此珍重帶在裡面可知是怕人拿去之意因此又自悔莽撞剪了香袋低着頭一言不發寶玉道你也不用剪我知你是懶怠給我東西我連這荷包奉還何如說着擲向他懷中而去黛玉越發氣得哭了拿起荷包又剪寶玉忙回身搶住笑道好妹妹饒了他罷黛玉將剪子一摔拭淚說道你不用合我好一陣歹一陣的要惱就撂開手說着賭氣上床面向裡倒下拭淚禁不住寶玉上來妹妹長妹妹短賠不是前面賈母一片聲找寶玉衆人回說在林

姑娘房裡賈母聽說道好好好讓他姊妹們一處頑頑罷纔他老子拘了他這半天讓他閙心一會子罷只別叫他們吵嘴衆人答應着黛玉被寶玉纏不過只得起來道你的意思不叫我安生我就離了你說着往外就走寶玉笑道你到那裡我跟到那裡一面仍拿着荷包來帶上黛玉伸手搶道你說不要這會子又帶上我也替你怪臊的說着嗤的一聲笑了寶玉道好妹妹明兒另替我做個香袋兒罷黛玉道那也瞧我的高興罷了一面說一面二人出房到王夫人上房中去了可巧寶釵亦在那里此時王夫人那邊熱閙非常原來賈薔已從姑蘇採買了十二個女孩子並聘了教習以及行頭等事來了那時薛姨媽

另遷於東北上一所幽靜房舍居住將梨香院另行修理了就令教習在此教演女戲又另派家中舊曾學過歌唱的衆女人們如今皆是皤然老嫗着他們帶領管理就令賈薔總理其日用出入銀錢等事以及諸凡大小所需之物料賬目又有林之孝來回採訪聘買得十二個小尼姑小道姑都到了連新做的二十分道袍也有了外又有一個帶髮修行的本是蘇州人氏祖上也是讀書仕宦之家因自幼多病買了許多替身皆不中用到底這姑娘入了空門方纔好了所以帶髮修行今年十八歲取名妙玉如今父母俱已亡故身邊只有兩個老嬤嬤一個小丫頭伏侍文墨也極通經典也極熟模樣又極好因聽說長

安都中有觀音遺跡並貝葉遺文去年隨了師父上來現在西門外牟尼院住着他師父精演先天神數於去冬圓寂了遺言說他不宜回鄉在此靜候自有結果所以未曾扶靈回去王夫人便道這樣我們何不接了他來林之孝家的回道若請他他說侯門公府必以貴勢壓人我再不去的王夫人道他既是宦家小姐自然要傲些就下個請帖請他何妨林之孝家的答應着出去叫書啟相公寫個請帖去請妙玉次日遣人備車轎去接不知後來如何且聽下回分解

紅樓夢第十七回終

紅樓夢第十八回

皇恩重元妃省父母　天倫樂寶玉呈才藻

話說彼時有人回工程上等着糊東西的紗綾請鳳姐去開庫拿紗綾又有人來回請鳳姐開庫收金銀器皿王夫人並上房丫鬟等皆不得空閒寶釵說偺們別在這裡碍手碍脚說着同寶玉等往迎春房中來王夫人日日忙亂直到十月裡纔全備了監督都交清賬目各處古董文玩俱已陳設齊備採辦鳥雀自仙鶴鹿兔以及鷄鵝等已買全交於園中各處飼養賈薔那邊也演出二十齣雜戲來一班小尼姑道姑也都學會念佛經咒於是賈政方畧心安意暢又請賈母等到園中色色斟酌點

綴妥當再無些微不當之處賈政纔敢題本本上之日奉旨於明年正月十五日上元之日貴妃省親賈府奉了此旨一發日夜不閒連年亦不曾好生過的轉眼元宵在邇自正月初八就有太監出來先看方向何處更衣何處燕坐何處受禮何處開宴何處退息又有巡察地方總理關防太監帶了許多小太監來各處關防擋圍幙指示賈宅人員何處出入何處進膳何處啟事種種儀注外面又有工部官員并五城兵馬司打掃街道攆逐閑人賈赦等監督匠人扎花燈烟火之類至十四日俱已停妥這一夜上下通不曾睡至十五日五鼓自賈母等有爵者俱各按品大裝大觀園內帳舞蟠龍簾飛彩鳳金銀煥彩珠寶

生輝鼎焚百合之香瓶插長春之蕊靜悄悄無一人咳嗽賈赦等在西街門外賈母等在榮府大門外街頭巷口用圍幙擋嚴正等的不奈煩忽然一個太監騎匹馬來了賈政接著問其消息太監云早多着哩未初用晚膳未正還到寶靈宮拜佛酉初進大明宮領宴看燈方請旨只怕戌初纔起身呢鳳姐聽了道既這樣老太太與太太且請回房等到了時候再來也未爲晚於是賈母等且自便去了園中頼鳳姐照料命執事人等帶領太監們去吃酒飯一面傳人挑進蠟燭各處點起燈來忽聽外面馬跑之聲不一有十來個太監喘吁吁跑來拍手兒這些太監都會意知道是來了各按方向站立賈赦領合族子弟在西

街門外賈母領合族女眷在大門外迎接半日靜悄悄的忽見兩個太監騎馬緩緩而來至西街門下了馬將馬趕出圍幙之外便面西站立半日又是一對亦是如此少時便來了十來對方聞隱隱鼓樂之聲一對對龍旌鳳翣雉羽宮扇又有銷金提爐焚着御香然後一把曲柄七鳳金黃傘過來便是冠袍帶履又有執事太監捧着香巾繡帕漱盂拂塵等物一隊隊過完後面方是八個太監抬着一頂金頂金黃繡鳳鑾輿緩緩行來賈母等連忙跪下早有太監過來扶起賈母等那鑾輿抬入大門儀門往東一所院落門前有太監跪請下輿更衣於是抬入門太監散去只有昭容彩嬪等引元春下輿只見苑內各色花燈

爛灼皆係紗綾扎成精緻非常上面有一匾燈寫着體仁沐德四個字元春入室更衣出復上輿進園只見園中香烟繚繞花影繽紛處處燈光相映時時細樂聲喧說不盡這太平景象富貴風流却說賈妃在轎內看了此園內外光景因點頭歎道太奢華過費了忽又見太監跪請登舟賈妃下輿登舟只見清流一帶勢若游龍兩邊石欄上皆係水晶玻璃各色風燈點的如銀光雪浪上面柳杏諸樹雖無花葉却用各色紬綾紙絹及通草爲花粘於枝上每一株懸燈萬盞更兼池中荷荇鳬鷺之屬亦皆係螺蚌羽毛做就的諸燈上下爭輝眞是玻璃世界珠寶乾坤船上又有各種盆景燈珠簾繡幙桂楫蘭橈自不必說已

而入一石港港上一面匾燈明現著蓼汀花漵四字看官聽說這蓼汀花漵四字及有鳳來儀等字皆係上回賈政偶試寶玉之才何至便認眞用了想賈府世代詩書自有一二名手題詠豈似暴發之家竟以小兒語搪塞了事呢只緣當日這賈妃未入宮時自幼亦係賈母教養後來添了寶玉賈妃乃長姊寶玉爲幼弟賈妃念母年將邁始得此弟是以獨愛憐之且同侍賈母刻未相離那寶玉未入學之先三四歲時已得賈妃口傳教授了幾本書識了數千字在腹中雖爲姊弟有如母子自入宮後時時帶信出來與父兄說千萬好生扶養不嚴不能成器過嚴恐生不虞且致祖母之憂眷念之心刻刻不忘前日賈政聞

塾師讚他儘有才情故于遊園時聊一試之雖非名公大筆却是本家風味且使賈妃見之知愛弟所爲亦不負其平日切望之意因此故將寶玉所題用了那日未題完之處後來又補題了許多且說賈妃看了四字笑道花漵二字便好何必蓼汀侍座太監聽了忙下舟登岸飛傳與賈政賈政即刻換了彼時舟臨內岸去舟上輿便見琳宮綽約桂殿巍峩石牌坊上天仙寶境四大字賈妃命換了省親別墅四字于是進入行宮只見庭燎繞空香屑布地火樹琪花金窗玉檻說不盡簾捲蝦鬚毯鋪魚獺鼎飄麝腦之香屏列雉尾之扇真是金門玉戶神仙府桂殿蘭宮妃子家賈妃乃問此殿何無匾額隨侍太監跪啟道此

係正殿外臣未敢擅擬賈妃點頭不語禮儀太監請升座受禮兩階樂起二太監引賈赦賈政等於月臺下排班上殿昭容傳諭曰免乃退出又引榮國太君及女眷等自東階陞月臺上排班昭容再諭曰免於是亦退茶三獻賈妃降座樂止退入側室更衣方備省親車駕出園至賈母正室欲行家禮賈母等俱跪止之賈妃垂淚彼此上前厮見一手挽賈母一手挽王夫人三個人滿心皆有許多話俱說不出只是嗚咽對泣而已邢夫人李紈王熙鳳迎春探春惜春三人俱在旁垂淚無言半日賈妃方忍悲強笑安慰賈母王夫人道當日既送我到那不得見人的去處好容易今日回家娘兒們一會不說不笑反倒哭個不

了一會子我去了又不知多早晚纔能一見呢說到這句不禁又哽咽起來邢夫人忙上來勸解賈母等讓賈妃歸坐又逐次一一見過又不免哭泣一番然後東西兩府執事人等在外廳行禮其媳婦丫鬟行禮畢賈妃歎道許多親眷可惜都不能見面王夫人啟道現有外親薛王氏及寶釵黛玉在外候旨外眷無職不敢擅入賈妃卽請來相見一時薛姨媽等進來欲行國禮命免過上前各敘濶別又有賈妃原帶進宮的丫鬟抱琴等叩見賈母連忙扶起命入別室欵待執事太監及彩嬪昭容各侍從人等寧府及賈赦那宅兩處自有人欵待只留三四個小太監答應母女姊妹敘些久別情景及家務私情又有賈政至簾外問安賈妃于內行參等事又向其父說道田舍之家虀鹽布帛得遂天倫之樂今雖富貴骨肉分離終無意趣賈政亦含淚啟道臣草莽寒門鳩羣鴉屬之中豈意得徵鳳鸞之瑞今貴人上錫天恩下昭祖德此皆山川日月之精奇祖宗之遠德鍾于一人幸及政夫婦且今上體天地生生之大德垂古今未有之曠恩雖肝腦塗地豈能報效於萬一惟朝乾夕惕忠于厥職伏願我君萬歲千秋乃天下蒼生之福也貴妃切勿以政夫婦殘年爲念更祈自加珍愛惟勤慎肅恭以侍上庶不負上眷顧隆恩也賈妃亦囑以國事宜勤暇時保養切勿記念賈政又啟園中所有亭臺軒館皆係寶玉所題如果有一二可寓目者請

卽賜名爲幸元妃聽了寶玉能題便含笑說道果進益了賈政退出貴妃因問寶玉因何不見賈母乃啓道無職外男不敢擅入元妃命引進來小太監引寶玉進來先行國禮畢命他近前携手攬于懷內又撫其頭頸笑道比先長了好些一話未終淚如雨下尤氏鳳姐等上來啓道筵宴齊備請貴妃遊幸元妃起身命寶玉導引遂同諸人步至園門前早見燈光之中諸般羅列進園先從有鳳來儀紅香綠玉杏帘在望蘅芷清芬等處登樓步閣涉水緣山眺覽徘徊一處處鋪陳不一一椿椿點綴新奇賈妃極加獎讚又勸以後不可太奢了此皆過分旣而來至正殿諭免禮歸坐大開筵宴賈母等在下相陪尤氏李紈鳳姐

等捧羹把盞元妃乃命筆硯伺候親拂羅箋擇其喜者賜名題其園之總名曰大觀園

正殿匾額云

顧恩思義

對聯云

天地啓宏慈赤子蒼生同感戴

古今垂曠典九州萬國被恩榮

又改題

有鳳來儀賜名瀟湘館

紅香綠玉改作怡紅快綠賜名怡紅院

蘅芷清芬賜名蘅蕪院

杏帘在望賜名澣葛山莊

正樓曰大觀樓

東面飛樓曰綴錦閣

西面斜樓曰含芳閣

更有蓼風軒　藕香榭　紫菱洲　荇葉渚等名又有四字匾額如梨花春雨　桐剪秋風　荻蘆夜雪等名不可勝紀

又命舊有匾聯不可摘去于是先題一絕句云

啣山抱水建來精　多少工夫築始成

天上人間諸景備　芳園應錫大觀名

寫畢向諸姊妹笑道我素乏捷才且不長于吟咏姊妹輩素所深知今夜聊以塞責不負斯景而已異日少暇必補撰大觀園記並省親頌等文以記今日之事妹等亦各題一匾一詩隨意發揮不可爲我微才所縛且知寶玉竟能題咏一發可喜此中瀟湘館蘅蕪苑二處我所極愛次之怡紅院澣葛山庄此四大處必得別有章句題咏方妙前所題之聯雖佳如今再各賦五言律一首使我當面試過方不負我自幼教授之苦心寶玉只得答應了下來自去搆思迎春探春惜春三人中要筭探春又出于姊妹之上然自忖亦難與薛林爭衡只得勉强隨衆塞責而已李紈也勉强湊成一律賈妃挨次看姊妹們的寫道是

曠性怡情 匾額　　迎春

園成景物特精奇奉命羞題額曠怡誰信世間有此境游
來寧不暢神思

萬象爭輝 匾額　　探春

名園築就勢巍巍奉命多慚學淺微精妙一時言不盡果
然萬物有光輝

文章造化 匾額　　惜春

山水橫拖千里外樓臺高起五雲中園修日月光輝裡景
奪文章造化功

文采風流 匾額　　李紈

秀水明山抱復回風流文采勝蓬萊綠裁歌扇迷芳草紅
襯湘裙舞落梅珠玉自應傳盛世神仙何幸下瑤臺名園
一自邀遊賞未許凡人到此來

凝暉鍾瑞 匾額　　薛寶釵

芳園築向帝城西華日祥雲籠罩奇高柳喜遷鶯出谷修
篁時待鳳來儀文風已著宸遊夕孝化應隆歸省時睿藻
仙才瞻仰處自慚何敢再爲辭

世外仙源 匾額　　林黛玉

宸遊增悅豫仙境別紅塵借得山川秀添來氣象新香融
金谷酒花媚玉堂人何幸邀恩寵宮車過往頻

賈妃看畢稱賞一番又笑道終是薛林二妹之作與衆不同非愚姊妹所及原來林黛玉安心今夜大展奇才將衆人壓倒不想賈妃只命一匾一咏倒不好違諭多做只胡亂做一首五言律應命罷了彼時寶玉尚未做完纔做了瀟湘館與蘅蕪苑兩首正做怡紅院一首起稿內有綠玉春猶捲一句寶釵轉眼瞥見便趂衆人不理論推他道貴人因不喜紅香綠玉四字纔改了怡紅快綠你這會子偏又用綠玉二字豈不是有意和他分馳了況且蕉葉之典故頗多再想一個改了罷寶玉見寶釵如此說便拭汗說道我這會子總想不起什麼典故出處來寶釵笑道你只把綠玉的玉字改作蠟字就是了寶玉道綠蠟可有

出處寶釵悄悄的咂嘴點頭笑道虧你今夜不過如此將來金殿對策你大約連趙錢孫李都忘了呢唐朝韓翃詠芭蕉詩頭一句冷燭無煙綠蠟乾都忘了麼寶玉聽了不覺洞開心意笑道該死眼前現成之句竟想不到姐姐眞可謂一字師了從此只叫你師傅再不叫姐姐了寶釵亦悄悄的笑道還不快做上去只姐姐妹妹的誰是你姐姐那上頭穿黃袍的纔是你姐姐呢一面說笑因怕他躭延工夫遂抽身走開了寶玉續成了此首共有三首此時黛玉未得展才心上不快因見寶玉搆思太苦走至案旁知寶玉只少杏帘在望一首因叫他抄錄前三首却自己吟成一律寫在紙條上搓成個團子擲向寶玉跟

前寶玉打開一看覺比自己做的三首高得十陪遂忙恭楷謄完呈上賈妃看是

有鳳來儀　　寶玉

秀玉初成寔堪宜待鳳凰竿竿青欲滴個個綠生凉迸砌防階水穿簾碍鼎香莫摇分碎影好夢正初長

衡芷清芬

蘅蕪滿靜苑蘿薜助芬芳軟襯三春草柔拖一縷香輕烟迷曲徑冷翠濕衣裳誰謂池塘曲謝家幽夢長

怡紅快綠

深庭長日靜兩兩出嬋娟綠蠟春猶捲紅粧夜未眠凴欄垂絳袖倚石護清煙對立東風裡主人應解憐

杏帘在望

杏帘招客飲在望有山庄菱荇鵝兒水桑榆燕子梁一畦春韭綠十里稻花香盛世無饑餒何須耕織忙

賈妃看畢喜之不盡說果然進益了又指杏帘一首爲四首之冠遂將澣葛山庄改爲稻香村又命探春將方纔十數首詩另以錦箋謄出令太監傳與外廂賈政等看了都稱頌不已賈政又進歸省頌元春又命以瓊酪金膾等物賜與寶玉並賈蘭此時賈蘭尚幼未諳諸事只不過隨母依叔行禮而已那時賈薔帶領一班女戲子在樓下正等得不耐煩只見一個太監飛跑

下來說做完了詩了快拿戲目來賈薔忙將戲目呈上並十二
個人的花名冊子少時點了四齣戲

第一齣豪宴　第二齣乞巧

第三齣仙緣　第四齣離魂

賈薔忙張羅扮演起來一個個歌有裂石之音舞有天魔之態雖是粧演的形容却做盡悲歡情狀剛演完了一太監執一金盤糕點之屬進來問誰是齡官賈薔便知是賜齡官之物連忙接了命齡官叩頭太監又道貴妃有諭說齡官極好再做兩齣戲不拘那兩齣就是了賈薔忙答應了因命齡官做遊園驚夢二齣齡官自為此二齣原非本角之戲執意不從定要做相約

相罵二齣賈薔扭他不過只得依他做了賈妃甚喜命莫難為了這女孩子好生教習額外賞了兩疋宮緞兩個荷包並金銀錁子食物之類然後撤筵將未到之處復又遊玩忽見山環佛寺忙盥手進去焚香拜佛又題一匾云苦海慈航又額外加恩與一班幽尼女道少時太監跪啟賜物俱齊請驗按例行賞乃呈上略節貴妃從頭看了無話即命照此而行太監下來一一發放原來賈母的是金玉如意各一柄沉香拐杖一根茄楠念珠一串富貴長春宮緞四疋福壽綿長宮紬四疋紫金筆錠如意錁十錠吉慶有餘銀錁十錠邢夫人等二分只減了如意拐珠四樣賈敬賈赦賈政等每分御製新書二部寶墨二匣金銀

盞各二隻表禮按前寶釵黛玉諸姊妹等每人新書一部寶硯一方新様格式金銀錁二對寶玉亦同賈蘭是金銀項圈二個金錁二對尤氏李紈鳳姐等皆金銀錁四錠表禮四端另有表禮二十四端錢淸一千串是賞與賈母王夫人及各姊妹房中奶娘衆丫鬟的賈珍賈璉賈環賈蓉等皆是表禮一端金銀錁一對其餘彩緞百疋白銀千兩御酒數瓶是賜東西兩府及園中管理工程陳設答應及司戲掌燈諸人的外又有淸錢五百串是賜厨役優伶百戲雜行人等的衆人謝恩已畢執事太監啟道時已丑正三刻請駕回鑾賈妃不由的滿眼又滾下淚來却又勉强笑着拉了賈母王夫人的手不忍放再四叮嚀不須

記掛好生保養如今天恩浩蕩一月許進内省視一次見面儘容易的何必過悲倘明歲天恩仍許歸省不可如此奢華糜費了賈母等已哭的哽噎難言了賈妃雖不忍别奈皇家規矩違錯不得的只得忍心上輿去了這裡諸人好容易將賈母勸住及王夫人攙扶出園去了未知如何下回分解

紅樓夢第十八回終